魂匣《たまばこ》

田村雅之 詩集

砂子屋書房

目次——魂匣《たまばこ》

I

II

装本・倉本　修

詩集　魂匣

たまばこ

I

バクーニンの月

ものには質《たち》というのがあって
なかなか、箭箭《ささ》っとはかえられぬ
巧遅は拙速に如かず
けれども少し腰を据えてと
蒼氓《そうぼう》の草を撫ぜるような亡母の声が聞こえてくる

こちらは親父に似たのかな
いえば磊落《らいらく》の性

猩猩緋《しようじようひ》の、ケルメス染めの色をした
バクーニンの月
見ればたしかに欲しくなる

ただしけして矩を踰《こ》えてはならぬ
じっと、天の蛞蝓《なめくじ》がこちらを睨まえている
それらの不安に応えるように、
ひとつ白骨《しらほね》をさしだし
吹く風の気晴らしや
畜生の情けなども感じながら
初夏の野面《のづら》を歩いていく

死ってね、
曲がっているその先の道のことらしいよ

錦木のこと

楓の木、まきの木、酸《す》の木　かばざくら、苦《にが》
木　この五本の木の枝を　三尺あまりに束ね
恋い慕う女の家の門《かど》に立てる　仲人《なかうど》木これが
錦木《にしきぎ》　妻問婚時代の恋文だ

花輪線十和田南駅　昔の名でいえば毛馬内《けまない》
此の地に「犬が臥したような石」（菅江真澄）
それが錦木塚　啄木も金田一京助も若いころ

よく足をはこんだという

アイヌ語で「ニシュク」と言った　招くこと
呼びかけることをいう　自分のほうに振り向
かせるために捧げる幣《ぬさ》のこと　「ニシキ」は
これの転訛にちがいない

蝦夷が住むつがろの野辺の萩盛り
　こや錦木の立てるなるらむ（藤原親隆）

木を麻苧の糸のように削ったのを「イナウ」
ロシア語でインナウ（ИННаху）という　お
そらくは「ニシキギ」の祖型なのだ
たしかにここは和人《シャモ》と蝦夷《アイノ》の境いの地　いま

世間を跋扈している、にっくきウイルスの写
真の絵に似た　大湯の環状列石《ストーン・サークル》もすぐ先にあ
る

天を仰げば霜月のみちのくを蓋う鉛色の空
千島のクリル族がその削りかけを　荒れた海
が静まるようにと　抛りお供えしたように
「ツゥ、ツゥ、ツゥ」と　巫覡の願い口で
この冥い雪原に投げてみようか

堀端の景色

堀端《ほりはた》の神田川が
風の行方に襞をつくって
流れている
南の方へ
側には黄色い省線電車が
車輛に音を乗せ、新宿方向にさ走っている

目の前の大楠のその樹の上つ方には

百舌が啼き
その根方には葛の葉や細竹が
それは無造作に
生え
むやみ乱暴に、秋風に靡いている

すべては秋の
昼餉《ひるげ》の景色
見慣れた都会のひとときなのだ

風騒ぐ
若芒《わかすすき》の柔な柳腰
そのわきにまどかの景をした
満天星つつじ

さらに萱がふゆりふゆり
口とがらせて
鳴る
病院脇の小高い丘に

おもいだすこと——黒田喜夫

京都の寺町で買ったという
扇子を片手に
油団に坐して
そうだ、こんな時
隣に湯女が
居ればもっといい

机の上に三冊の

和綴じの書が帙《ちつ》に繙かれてある
日本最古の書
古事記に先立つこと六十余年
大化の改新を大成せしめたる大秘書ともある

権藤成卿の和訳注解本である
偽書であるとも伝え聞く
『南淵書』

いまから四半世紀前のことだが
晩年の詩人黒田喜夫から
権藤成卿の著作を読みたいので集めてほしいと
電話があった

まだインターネットの普及していない時代のこと
東京中の古書店を回ってようやくに
『自治民範』と『南淵書』を清瀬の家に届けた
それから間もなくして
黒田喜夫の訃報が入った

葬儀に出向くと
自宅近所の集会所の畳の間に
細長い木の机が並べ置かれてある
すわって居ると
その日自分でバリカンで刈ってきたばかりだと言う
中上健次が隣に座り
ついで前には、村上一郎の通夜式以来の
谷川雁が座る

みんな胡坐だ

それでも周囲に流れる空気は
澄んだ、幾分か高貴な
こころざしが流れていて
清らかな時間だったことを覚えている

おもいだすのはみな
そんなきれぎれのたわいないことばかり

白虎藺

——発見、その瞬間と叡智

ビャッコイという草がある
天然記念物
福島県白河の表郷金山に自生している
「カヤツリ科」に属した植物だ

明治三十四年頃、地元の植物好きの少年二人が
藪蚊の飛びまわる小溜りの沼に生えていた草を
めずらしい、あまり見かけない植物がある

学校で調べてもらおう
そう言って、福島師範学校の植物教室に照会した
それがきっかけで牧野富太郎のところまで
結果博士によってビャッコイと命名された

はるか氷河期の残存植物
北半球には二か所
スウェーデンとここだけ
何れにせよ国内稀少野生植物
南半球では、オーストラリア東海岸の
ケアンズ近郊にも自生しているようである

（侵略的外来種ではないぞ）

オセアニアが起源
渡り鳥の伝播によるらしい
突発性帰化植物なのだ

どんな鳥が運んできたのか
想像はたくましく膨らむが
何時この世から消えて絶えるかわからない
何処からどうやって来たか
理解の届かぬことばかり

ただこの植物を発見した
十二と十三歳の
鈴木貞次郎君と清水伝吉君
この二人の少年の

瞬間のひらめき
その感受と、その叡智に
拍手を送りたい

回心

堤下は混凝土《コンクリート》が打たれ
水辺遠くに草が茂り
すでに清浅の趣もない
小暗い神田川に架かる御茶の水橋近くの
薄檜皮《ひはだ》色をした高層の病院の中
堅い椅子に腰を乗せ
わが模糊とした眼《まなこ》を光にさらす

瞼の下のまつ毛に囲まれた
眼球の瞳孔の真ん中に針を刺す
するとみるみる血圧が上がるのがわかる
幾度かやってみた網膜黄斑変性症の処置
ばかばかしくなって中途でやめた

次は老人性白内障の手術
暗い部屋で
水晶体の表面の膜の摘出だ
小一時間で終了すると、眼帯をして
付添いの妻の手を借り
寂として人影がない
都内の安ホテルに宿泊だ

翌朝、めぐりの景が一変した
「回心」という言葉が口を衝《つ》く
これがもしかしたら、「転向」者の見た
あざやぐ世界なのだろうか
なぜか車窓のさきに
敗戦後間もなく一九四五年九月二十六日
豊多摩刑務所で獄死した
若き頃パスカルを教えてくれた哲学者
あの三木清の最后が思われてならないのだった

実朝の花

田舎にある家の庭の
なか奥に立つ大きな銀杏の木に
本樹だか弦木だか
見分けのつかぬほど
もう一体となって
堂々と絡まり
橙色の花を幾輪も
天に向け

花咲かせているのは
毒を持つと誤ってひろく伝えられ
霄《そら》を凌《しの》ぐ花という意を持つ
凌霄花
ひとりひそかに、わたしはその花を
実朝の花と名付け
ながめ愛でている

右大臣実朝
以前、短歌文学賞を創設した折
その名を
寺山修司賞にするか右大臣実朝賞にするか迷った
今になれば
右大臣実朝賞にすればよかったとも思うのだ

わたしがもらうのなら
そちらのほうが嬉しい
どうかんがえてもそれは
ありえない話なのだが

この世の外まで

「われ発見せり！」（エーッブリカ！）と
ボードレールのながれを汲む
あの透明の詩人マンデリシュタームも
そんな一言を
月の差す星の幾多と償いのこころで
ラーゲリの極北の
雪原で叫んだのだろうか

頭上にひと掬いのシャベルの土
それまでの尊厳の眼を
活きる時間が
すべてなのだ

悲喜のあわいを行き過ぎて
真っ白の画布に手をかける
すでにして発端が終末
それが始まりの哲学
懐かしい言葉だが、あの偉大な哲学者の弁証法に似ている

詩は言葉だから、予想外の方向に飛ぶ
いわば矛盾のメロディーである
モチーフを血のにおいのする神話の彼方に抛る

その弧が描く方円こそが一篇の空間

ひたすら彷徨すること
トラベラー
透谷北村門太郎ではないが
単独者の影なのだ
そぎ落とす、水衣の言葉を
躁鬱者のこころざしの高さは
その失った衣の重量によってはかられる

消去の寸前まで
微小な存在である己を認識するまで凝視せよ
その網膜が焦がした世界が
全世界なのだ

この世の外まで
そう叫んだ一瞬に
不定型な沼に渚が立つ

ほころんでいる現在《いま》を
歩んできた来歴のあとを捨象して
その行間を縫う
混沌の文字の持っている
響きや音色を大切に
すがたをあらわすその人の
装いの質感も考慮に入れて
部屋ぬちに入る頭の
名前と呼び名を

声と音

詩の言葉はほとんど黙読による文字だから
その清澄とか品格とかはどこからくるか憶い出してみればいい

何ごとにも自覚的であること
恩寵としてのミューズを信ぜよ
詩人は神であり
哲学者であるのだから

また来ん春日

碓氷の里に雪が降る
あさかげのひかりの曲りはいかほどか
浅間おろしに飛ぶ雪の
おもさをはかりにきてみるか

雪の舞う四囲の最中《もなか》に想い出す
母の胸のあたたかさ
吹雪く奥処におもい知る

父の肱《かいな》のおくぶかさ

冬の終《しま》い頃に舞う雪は
狐の毛皮に薄らか化粧《けわい》を加え
また来ん春日とくちずさむ

天の間近に降る雪は
享ける掌の上でいそぎ溶け
円《まどか》の蒼穹に早がわり

食材の話

「君、一日に三十品目だってよ、
三十品目とらないと
死んじゃうんだってよ」

そう言ったのは
パスカルの眼で深淵をながめ
孤独な生を空指《そらゆび》で詩に書き
晩年、理由《わけ》あって横浜に転居した

北村太郎さん
爾来、三度の食事のたびにその数をかぞえて
たしか北村さんが居なくなってから三十年
ほぼ毎日のことである

さて、今日の昼のメニューは？
米（鶏肉）赤魚　南瓜　茄子　人参　大豆　大根　菜の花
コーン　鶏卵　ズッキーニ　牛蒡　筍　パプリカ　トマト
ひじき　油揚げ　枝豆　昆布　いんげん豆　グリンピース
ねぎ　そら豆　ゴマ　梅　蕗　蓮根　ひよこ豆　赤カブ

勤めの朝に新宿駅で買った弁当である
後期高齢者
しがない編集者稼業を続けておよそ半世紀

コロナ禍下　毎日会社まで、小一時間の電車
駅の階段も駆けて上がって
来週月曜日には、三回目のワクチン注射の予定が入っていて

まだまだ死にそうにない

深淵な場所へ

よう、と挨拶をする
拗というあざなの女を探す
山繭のいとすじを、ひねもす繰っているという
その方角へ視線を
曲がりくねった道のゆく方を指さし
昏く、深遠な場所へ

たしか、かつて『深淵の鍵』という題の書物を

バルカンのパスカルといわれた
E・M・シオランが書いていて
出口裕弘さんが訳していたな
その頃友人の樋口覚がパリで
そのシオランに会っていた

この世に窈窕の女などというのが
いったい居るのだろうか
幽閒たるやまなか深くの
寂寞としたとぼそに
たしか閨があったはずだが
いまでも居るのだろうか

洞窟の奥に

伝説のような洞がたしかにあって
ラスコーの壁のよう
牛や馴鹿《トナカイ》の絵が描かれて
さらにその奥には
まだ見たこともない
艶かしい女男の交合の絵が
合歓の花影に横たわってるかわからない

はたしてここが夢の入り口なのか
それとも出口なのか
しきりに伸びた顎の髭をさすってみるが
それがわからないのだ
だいいちに闇に光りがあるのか、さらにふかぶか考えてみる
影や光や色の源を

すべての意匠の中心は罅割れ
剝落して不明瞭なのだ

幽世《かくりよ》、そんな言葉が口を衝く
異界からころがり出てきた
狂男《ふれおとこ》
鏡の前で
舌打ちをしている無礼者は、いったい
どこのどいつだろう

II

甦る、しらべ

靄が動いているのか
頭蓋のなか空
縹《はなだ》から二藍《ふたあい》にむかう途次
そこに低くたちこめるのは
細霧だろうか、煙霧だろうか

あてもなく、
どうにも仕方のないような

かすんだ
ひとつの迷い道がそこにあるのだ

ならば
嘘八百でもいいから
その霧のむこうに
麗質の方をおもい描いて、
みずからを
涯まで生きてみよう

現れた楽屋裏、その青黛にむかって
そなたをこそ抱きたいのだ、と一声叫ぶ

さすれば

咽び泣く星の天の国が
不思議あらたにあらわれくるだろう

それこそが
甦る、しらべなのだ

振りさけ見れば

立春を前に
日に日に、陽の光が
柔らかくなって
さ庭の土佐ミズキの花びらが
動きはじめた

花びらの四葩《ひら》五葩《ひら》が
かそかにかがやきをまし

来る春を
予祝し
なにか叫んでいるようだ

いつか小田原の寺、高長寺に
たしか「歴程」セミナーの帰り
井川博年と八木幹夫、それに若い颯木あやこの三人を
透谷の墓へと案内した
その折、境内にあったまんさくの花を差して
透谷の花！と
これも同じように
叫んだ気がする

あれから幾年も経たないのに

ずいぶんと歳をとったのだと
しみじみ春の贈物を戴き
感じとりながら
あたりの気配と
その来し方を振返り
わが身を
思ったことである

ぬばたま

烏羽玉
ひおうぎの種子のこと
まるくて黒い
ぬばたまと読む
タバ―たまと読む
タバは黒を意味する語
「ぬま」とは
流れぬ水のふかくたまれるのをいう

『能因歌枕』の注にある
のま、どま、のあ　などの語が
「泥」のような意味で使われている
泥が黒をあらわす語になったのだ
黒の色名へと化する意味変化
アイヌ語で
黒を意味する形容詞は
nupur
黒いという意と並んで
濃厚な、濁った、暗いという義もある

煙山——丹生のまそほの色に出て

煙山の裾あたりを、目を凝らして
じっと眺めていた
すると丹生川の川床から
黝黒い石を採り出している人の
影がわずかに
右左に揺れているのが見えた
まぼろしだろうか、
なにやらひたすらに

石を磨いているようだ

まがね吹く丹生のまそほの色に出て
言はなくのみぞ誰が恋ふらくは
(『万葉集』巻十四・東歌)

昔からのいい伝えにあるよう
そこからわずかな朱をつくるのだろうか
「ニウ」なのか「ニホ」なのか
女神の唇のふるえを
ききとろうと耳かたむけ、目を注ぐのだけれど
微かな音の差が波の瀬音と、川面の揺らぎでわからない

(願い口が、まだまだ浅いのだ)

三波石の川上をさかのぼって
鬼が住んで居たという
洞に向かう
とうのむかし生き別れた女人が
またまたぼんやり浮かんで見えた

喘ぎ喘ぎして
山を登る
息を継いで
ふと見上げると

秋草の間から
霧にけぶるる山が

あらわれ出る
ほうら、これがわたしたちの、あこがれの
浅間山かしら

国学者の墓誌

一枚の紙に、五人の名と身罷った年月日を記したものがある。とりあえず以下に記してみる。

難波契沖　元禄十四年正月二十五日
六十三歳ニテ身罷

賀茂縣主真淵　明和六年十月晦日
七十三歳ニシテ身罷

本居平阿曽美宣長　享和元年九月廿九日

七十二ニテ身罷

平田篤胤　天保十四年閏九月十一日

六十八ニテ身罷

木暮賢樹　文久二年八月二十六日

七十四歳ニシテ身罷

これを書いたのは、おそらく木暮俊庵雅樹だろう。
かれの、国学思想の祖系をしるしたものにちがいない。
江戸の時代にあって、それぞれの命終の日にちまでよく解かったなと思う。

さて、じぶんだったら、どのように記すだろうか。

村上一郎　一九七五年三月二十九日

五十四歳で身罷

鮎川信夫　一九八六年十月十七日
六十七歳で身罷

山中智恵子　二〇〇六年三月九日
八十歳で身罷

吉本隆明　二〇一二年三月一六日
八十七歳で身罷

岡井隆　二〇二〇年七月一〇日
九十二歳ニテ身罷

このように並び記すのだろう。

食卓の話

昔の食卓を思い出してみる
朝食、よくあたたかい飯にバターを乗せ、混ぜ
醬油をかけて食していた
ただし、米はあたたかくないと旨くない
バターは、雪印
そのへんは、うるさい

麦飯も三分の一くらい入っている日もある

ステテコ姿の親父が
少し酒が残っているのか、卓袱台を前に
冷えたその飯に牛乳をかけて
「ほら、これがオート・ミールだ」と
ロシアの朝はみんなこれだ、と

しら飯に白菜の漬物を巻いて食べる
これが大好きだった
おかずは何があったか記憶にない
ただしこれも、白菜は、上等に漬けられた
極薄のものでないといけない

米と醬油と味噌は高級のものを
それ以外

贅沢は言わない
鎖骨に窪みのある亡き母のひと言
「武士は食はねど高楊枝
　解かりましたね！」

兄妹四人、気を遣いそれぞれをうかがっても
何が何だか、少しも解からない
渋川時代、昭和三十年代のわが家の食卓、
おもえば一家六人、みんな元気で明るかった
ただ、ひたすら貧しかったのだ

夢かぞえ

――春暁や音のはじめの雨の音　正木浩一

おのが瞼をあけて間もなく
寝間の帳をあげると
まるで不意の
闖入者のごと

窓外からは
もも鳥の囀《さえず》りが
騒がしいほど

聞こえてきたのだった

いく時もたたぬうち
いまはもう、まるで嘘のよう
全き静寂なのだ

夢の中で
いわゆる、狭斜の巷《ちまた》に迷いこんで
困窮していたおりのこと
はたとわれに返って目覚めたのか
見返したくもない素浪人の性癖か
さもなくばいささか凡の
景のようである

聖と俗のあわいに住まう
われらマージナルのやから

夢のつづきの次の幕は
うってかわった、水の世界
湛えている水、また打ち寄せる水
はしる水、また落ちたぎつ水

それぞれに違った趣のある
吹き井
たえず滾々として湧き上がり
溢れこぼれつつ陽の光に燦《きら》めく
水のここちよさ
これもまた望降《もちくだ》つ

春愁の期
しまらく由ばむように
雲の裏側ばかりを
見入れなどしていたことを思い出す

すべては純粋なこころぬちの
系譜なぞをたどり
ひたすらに
夢かぞえ追いかけていた頃のことである

色欲

田舎の家には
屋敷神の青大将が
蔵を中心に
棲まっていたが

いまのわが家には
青蜥蜴が、いったいいつ頃だっただろうか
植木鉢の群れ下あたりに

年に二、三度はお目にかかる

懐かしい、恋人に出遭えたような
瞬間のときめきが
あたりに走る

わかるかな
青光りするあの衣の方にも
震えるような、この老人の
鹹《しおはゆ》しき色欲が

魂《たま》匣《ばこ》

古屋敷の樫垣《かしぐね》の央《なかば》に
ひともとの大欅があった
その根方あたりで
エプロン姿の
母の腕《かいな》に抱かれ
腰を下ろして
写真を撮ったことがある

若きひととき
小春日和の昼下がり
想い出の一枚だ
きっとその時、朝原《あさはら》の
よき芳香がしたのに違いなかった
いまではほとんど
覚えはないのだけれど

欲盆《けっぽん》の凹み
痩せていたひとの
其処がわけてもの徴《しるし》
風呂に入ったときなぞ
青頸《くび》の下方

くぼんだ魂匣《たまばこ》の
辺りにたんと水が残る

みごとな
美しい沼だ
外の光の移ろう
若きひととその子だけに与えられた
日かげだまりの
秘密の景だ

スーパー・ムーン

目を瞑り
まずしいわが来歴をかえりみれば
血涙の雨が降り落ちてくる

いやいや世の中さりとて
あしきことばかりでないでしょう
そう言って慰めくれる母者の笑《えまい》が
筐《かたみ》の小菜の花のよう

いまでも心の支えになってくれてもいる

物言わぬ性の父も
ひとたびことに真向かえば
蒼天を仰ぐ 適 鳥《たまさかどり》の声のごと
それは稀なる人となる

星空には
光を瞬間菫色に消す蝙蝠が飛んできて
この孤独の老い人を
いっそう不安にするばかり

スーパー・ムーンは雲間に隠れ
願う平安の場所に連れて行ってはくれないようだ

げんじつは
星から見れば
港に舫った無数の廻船のように
ほとんど死の国の
淋しい風景にしか見えないのではないか

これからは

五月の雨催いの
静寂な空だ
めずらしくきのうはおまえが居た

充実した一日が
琥珀色の人語のささやきに似て
瞬く間に過ぎた

いまはおなじ館の部屋ぬちの
隅の梁のどこかから
ちちっとちいさな音が短く鳴るのも
窓下の暗澹とした
家畜の匂いのする葉擦れさえも
耳にできるほどの静けさだ

折れそうな記憶のそよぎ
それがわが胸うちの慰め

そうだこれからは
こうして丁寧に
おまえを想いながら
夢の渚を

さするよう
波打つ姿のように
ひと日ひと日を
丁寧に生きねばならぬ

いっさいは季節めぐりて
念々生滅
ゆえなきさだめなのだから

祖父のこと

その人とはこの世で
いちども会ったことはない
毎日の枕元
その書棚の最下段に粛然と置かれた
数百ページ、菊判箱入　背革コーネル装の、極上製本『琉球共産村落の研究』
その著者が、祖父田村浩

生きていたならたぶん、相当仲が良かっただろう

旅を一緒にしたかった
まずは東北地方へ
大船渡の尾崎神社あたりから下北の尻屋、
平取のアイヌコタンを巡って
日本海を渡ってハバロフスクへ
さらに北上して、アムールの北海アイヌを訪ねる旅に

ニコライ・ネフスキー先生の話をしてもいい
ついでに三河の花祭りや
西表島の宮良や新城《あらぐすく》島の
アカマタ・クロマタの話をしてもいい

あ、そうそうマルクスの『資本論』に出てくる
フランスの小屋住農のような住人が、群馬の田舎の家屋敷にも住んで居たことが

祖父にもはたして記憶があるかどうか
ぜひに聞いてもみたかった

秩父宮の殿下とはどれくらい親しかったか
柳田國男先生とどんな話をしたか
折口信夫先生をどう見ていたか
二・二六事件をどう考えていたか
「真床覆衾《まどこおぶすま》」の内実をどう思っていたか

宜しくです

そうそう、伝えねばいけないとおもっていたこと忘れていた
京都大学の河上肇文庫から、沖縄県国頭《くにがみ》郡長・田村浩の
いまからちょうど一〇〇年前、一九二四年一月一六日付の

直筆の生原稿「沖縄地割《じわり》制度の研究」が出てきました
それを見た瞬間、父はつまりあなたの息子は
はらはら涙を流したのです

じつはわたしにとってそれは、ちょっと
新鮮な驚きでした

交尾

気味の悪い畜類が
飛ぶ
そのすがたかたちは、定かでないが
瞬時、しゅんじの
気配で
それが、蝙蝠だと
解かる

その、星空の下で
二匹の白猫が
組み打ちをしている
抱き合って、噛み合っている

抱き合っている姿は
ほしいままの、女男の
痴態

交尾だ
と、口を銜いたのち、
突然のメール

「昨夜は公園で飲もうと買ったタカラ缶チューハイの腹に

微小な穴があき、
そこからチューハイが
霧のようにふき出すという珍事があつた
そのうへ、帰途、自転車がパンクした。
さすが、左京区は無政府主義的な町。」（魚村晋太郎）

訪　墓

——築地本願寺別院　和田堀廟所

白御影石の荒削碑面に
ぬかずく
何年振りか
この辺は佃墓所といわれて
佃島のひとの
墓所らしい

私事だが

十八、九歳の大学生の頃
よくこの墓地に来て時間を過ごしたことがある
懐かしい場所だ
よりによってこの寺院に
師の墓が建てられるとはおもわなかった

夕陽に顔が
照って
何もかもが恥ずかしい
別れた彼女に伝えたいけれど伝えて　今更どうなるものでない
むなしい歳月の
体験したことのない味わいを
あじわっているだけが
今である

ちかくに在る樋口一葉の墓も
知られている
そう言えば
半井桃水の生家跡にも
対馬旅行の折に訪ねたことがある

なにか縁のようなものがと思ってみる
もう一度会ってみたいと
思っている

ふかぶかと礼をしなければ
いけないのでは、と
誰かって

うわごとのような話の相手は
誰なのか

熱があるのではないか
おい、大丈夫か？
逝く者はかくのごとき
昼夜を舎かず
或いは生じ滅してやむことなきというから

叢原の記憶

「幸せを運ぶ青いハチ」
そう呼ばれる
青と黒の縞模様の
きれいなブルー・ビーが
すがたをあらわすと聞いて
読売ランドの「HANA・BIYORI」という
植物園に出かけた

かつて、
およそ四〇年前
近くの寺尾台のマンションに住んで居た頃
その植物園によく出かけた
当時は「フルーツ・パーク」という名前

駅から世田谷通りを左へ
娘が行方不明になったことのある
人盗り川と名付けた浅川にかかった
お杓文字《しやもじ》橋の
橋のたもとに植えられた栴檀の樹を右に見て
しばらくすると
自然遊歩道と書かれた案内板
じつはそこからは人知らぬけもの道

詩人には似合いの幽霊坂

人影のない
そば道を通って
ここからは叢原の記憶

里見の秋――あとがきに代えて

日を追うごとに秋が深まっている。ふりあおぐ空には巻層雲が、頬にさやる風も心なしか冷たくなってきた。こんなとき、きまって故郷のことを思い出す。それも十代の何年かを一人、親元を離れ過ごした上州の秋のたたずまいを。

月に明《あけ》　紅葉に暮て　母路《もろ》ともに　あくがれし世乃《の》　秋そ恋し起《き》

雅樹

ここに一枚の短冊がある。蔵から持ち出したもので、五代前の父祖、木暮雅樹の歌をしるした古い直筆の短冊だ。万葉仮名のくずし字が読めなくて、ようやく最近判読できたものである。俊庵木暮雅樹は碓氷郡

（現・高崎市）の下里見で医家を開業していた。

残んの月を朝空に眺め、紅葉をめでて妻と過ごしたあの頃が思われ、秋というものは恋しいものだなあ、歌意とすればこんなところか。なるほど、昔の人はこのように豊饒な自然と真向い、共有しあう心を持ち合わせていたのか、と慌ただしくいまを生きるわたしは感嘆する。

この歌は安政二年の五月に亡くなった妻を偲んで詠んだもの。寛政十二年生まれの雅樹は五十五歳、当時では晩年ということになる。

もう一首。墓石に刻されている歌。

咲き匂ふ花にはあだの多ければよし深山木《みやまぎ》のままに朽ちなむ

雅樹

辞世の歌である。絢爛と咲き匂う桜の花には、実を結ばずにむなしく散ってしまう花が多いように、一世を風靡したかの尊皇の志士や急進的思想者は、志半ばで消えていった人が多い。自分はそうした花の人生ではなかったが、深山の木の大木のまま泰然と朽ちてゆこう。と、当時の（慶応三年）空気を思い、そう詠んでいる。

木暮雅樹は華岡青洲に外科医術を学び、高野長英門に入り蘭学を学んだ。長英は上州蘭医家と多く縁があったが、最初の関係者は雅樹その人だったと言われている。「平素勤王慷慨の志篤く、特に幕府の晩世に当たり、常に軍法に志し、水戸景山（斉昭）公に交信せり。」とその伝に言う。たった二首の歌から、百数十年前の妻を亡くした男のさびしさや、幕末の思潮の転換期に直面した、草莽の志篤きインテリゲンツァの苦悩が生き生きと立ってきて、言葉の力というものをあらためて考えさせられる。

詩とは志、かくあるべし、ということだろうか。

二〇二四年九月

田村雅之

初出一覧

I

バクーニンの月　「潮流詩派」266号、二〇二一年七月

錦木のこと　「弦」五十七号、二〇二一年十月

堀端の景色　「花」87号、二〇二三年五月

想い出すこと――黒田喜夫　「歴程」六一五号、二〇二三年五月

白虎蘭――発見、その瞬間と叡智　「ＥＲＡ」20号、二〇二三年四月

回心　「花」82号、二〇二一年九月

実朝の花　「ＥＲＡ」19号、二〇二二年十月

この世の外まで　「花」86号、二〇二三年一月

また来ん春日　「花」83号、二〇二二年一月

食材の話　「花」84号、二〇二二年五月

深淵な場所へ　「花」85号、二〇二二年九月

II

甦る、しらべ　「歴程」六一二・六一三号、二〇二二年九月

振りさけ見れば　「ＥＲＡ」18号、二〇二二年四月
ぬばたま　「ＥＲＡ」23号、二〇二四年十月
煙山——丹生のまそほの色に出て　「花」88号、二〇二三年九月
国学者の墓誌　書下ろし
食卓の話　「ＥＲＡ」17号、二〇二一年十月
夢かぞえ　「歴程」六一八号、二〇二四年八月
色欲　「ＥＲＡ」23号、二〇二四年十月
魂匣　「歴程」六一六号、二〇二三年十二月
スーパー・ムーン　「ＥＲＡ」21号、二〇二三年十月
これからは　「花」90号、二〇二四年五月
祖父のこと　「歴程」六一七号、二〇二四年三月
交尾　「花」89号、二〇二四年一月
訪墓——築地本願寺別院　和田堀廟所　「花」91号、二〇二四年九月
叢道の記憶　「ＥＲＡ」22号、二〇二四年四月

詩集 魂匣 たまばこ

二〇二四年一〇月一一日初版発行

著　者　田村雅之

神奈川県相模原市南区上鶴間一―二六―九（〒二五二―〇三〇二）

発行者　田村雅之

発行所　砂子屋書房

東京都千代田区内神田三―四―七（〒一〇一―〇〇四七）

電話〇三―三二五六―四七〇八　振替〇〇一三〇―二―九七六三一

URL http://www.sunagoya.com

組　版　はあどわあく

印　刷　長野印刷商工株式会社

製　本　渋谷文泉閣